Ser como eL bambú
Be Like The Bamboo

ISMAEL CALA

Ser como el bambú

Be Like The Bamboo

HarperCollins *Español*

Ilustrado por
Illustrated by Yunior Suárez

ISBN: 978-0-82970-146-3

Impreso en China
15 16 17 18 19 - 6 5 4 3 2 1

Mamá Panda y Bebé Oso viven muy felices
en un enorme bosque de bambú.

Mommy Panda and Baby Panda live happily
in a giant bamboo forest.

Parecen dos inmensas bolas de algodón
blanco, con manchas muy negras.

They look like two very big balls of
cotton, with very black stains.

Se les ve todo el día comiendo y jugando entre
los largos tallos de bambú.

They spend their day playing and eating among
the big bamboo plants.

«Tengo hambre. Déjame subir a Lo aLTo de un TaLLo. Arriba Las hojas y Las ramas son suaves y sabrosas» pide Bebé Oso a su mamá.

"I'm hungry. Can I cLimb To The Top of The STaLk? That's where The Leaves and branches are Tender and TasTy." Baby Panda asked his mother.

«Sube, pero con mucho cuidado. Ha llovido
y los tallos resbalan, podrías caerte»,
le advierte Mamá Panda.

"Go ahead and climb, but be very careful.
It's been raining and with the slippery stalks,
you could fall." Warned Mother Panda.

«Tendré mucho cuidado, mamá».

"I'll be very careful mother."

«¡Qué alto es el bambú!», exclama Bebé Oso.

"The bamboo is so TALL!" exclaimed Baby Panda.

Bebé Oso sube a Lo alto del tallo verde y redondo.

Baby Panda climbs all the way to the top of the big green stalk.

Come muchas hojas y brotes de bambú.

He eats a lot of bamboo shoots and leaves.

Salta de un tallo a otro y exclama entusiasmado: «¡Quiero ser grande como el bambú!».

Baby Panda jumps from one stalk to another and and shouts , -"I want to be big like the bamboo!".

«¡Ten cuidado, que eres un oso panda, no un mono!»,
dice Mamá Panda desde abajo, al verlo saltar.

"Please be careful little one, you're a panda bear, not a monkey!"
Monther Panda called from below as she watched him jump
from stalk to stalk.

Bebé Oso se balancea en el enorme tallo de bambú, que es muy fuerte pero flexible.

Baby Panda balanced on a giant stalk of bamboo. It was very strong, but still flexible.

EL TaLLo se inclina de un lado a otro, pero no se quiebra. «¡Quiero ser fuerte y flexible como el bambú!».

The stalk swayed from one side to the other, but it didn't break. "I want to be strong and flexible like the bamboo!"

Cuando Bebé Oso acaba de comer, baja para acompañar otra vez a su mamá.
«¡Te traje un ramillete de hojas y brotes frescos!»

When Baby Panda finished eating, he climbed down to be with his mother again. "I brought you a bundle of fresh shoots and leaves!".

«¡Gracias, hijo! Eres bondadoso como el bambú».

«¿El bambú también es bondadoso?».

«¡Sí lo es!», responde ella. «Nos alimenta y nos protege».

"Thank you my child! You are generous like the bamboo."

"Bamboo is generous?"

"Yes it is!" she replied. "it feed us and protects us."

«Las aves lo utilizan para hacer nidos, los humanos construyen muebles y viviendas. El bambú adorna el bosque y hasta deja que tú juegues con él».

«¡Yo quiero ser bondadoso como el bambú!».

"Birds use it to build nests, humans use it to make furniture and houses. Bamboo is all over the forest and it even lets you play with it."

"I want to be generous like the bamboo!"

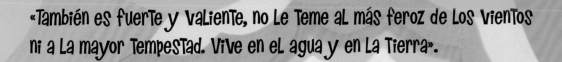

«También es fuerte y valiente, no le teme al más feroz de los vientos ni a la mayor tempestad. Vive en el agua y en la tierra».

«¡Quiero ser como el bambú, fuerte y valiente!», afirma Bebé Oso.

"It's also strong and brave, it's not afraid of the fiercest of winds or storms. It lives in the water and on land."

"I want to be like the bamboo, strong and brave!" said Baby Panda.

«Hijo, yo quiero que seas como el bambú, para sentirme más segura. No podré cuidarte siempre de los peligros del bosque».
«¡Pero, mamá, yo puedo andar solo por el bosque!».

"My child, I want you to be like the bamboo, then I will feel better about your safety. I can't always protect you from the dangers of the forest."
"But Mother, I can be all by myself in the forest!"

«¿Qué dices, hijo?», pregunta Mamá Panda preocupada.
«Mamá, el bambú crece muy alto en solo siete semanas
y yo tengo más de siete semanas. Entonces...».

"What do you mean, my child?" worried Mother Panda.
"Mother, bamboo grows very tall in only seven weeks
and I am much older than seven weeks. So..."

«¡Ya puedo ser como el bambú y andar solo por el bosque!»,
dice alegre Bebé Oso.

"I can be just like the bamboo and be all alone in the forest!"
said a happy Baby Panda.

«No, hijo mío. EL bambú se eleva y parece alcanzar el cielo en siete semanas, pero, para hacerlo, primero tiene que pasar siete años dentro de la Tierra».
«¡Siete años!», se asombra Bebé Oso.

"No my child. Bamboo grows fast and almost reaches the sky in just seven weeks, but, in order to do that, first it spends seven years in the ground."
"Seven years!" said a surprised Baby Panda.

«¡Sí, siete años! Cuando sale a conquistar la luz, ya sus raíces están firmes en la Tierra, sabe lo que hace y confía en sí mismo. Por eso puede crecer tan rápido y tan alto como la cima de la montaña».

"Yes, seven years!" When it breaks free and reaches for the sky, its roots are firmly planted in the ground. It is confident and knows what it is doing. That's why it can grow so fast and grow to be as tall as the top of the mountain".

«A Ti Te falTa mucho para salir a conquistar el mundo»,
dice Mamá Panda con cariño.

"You still have a ways to go before you go out
and conquer the world."
Mother Panda said with love.

«Hijo, serás como el bambú, pero a su debido Tiempo».

"My child, when The Time is right, you will be just like The bamboo."

Mamá Panda Le explica:

«Los ositos, como los niños, deben tener paciencia. Deben prepararse bien en la vida para alcanzar la luz, como lo hace el bambú».

Mother Panda explained:

"Baby Pandas, just like children, need to have patience. They should prepare well in life to be able to reach the light, just like the bamboo does".

«No te preocupes, seguiré tus consejos», dice Bebé Oso.
Le da un beso a su mamá y grita con entusiasmo:

"Don't worry, I will do as you say". Said Baby Panda.
And with a kiss for his mother he shouts with enthusiasm:

«¡Quiero ser como el bambú!».

"I want to be like the bamboo!".

A los padres:

Para que nuestros hijos sean como el bambú, no basta la lectura de este libro. Toda la vida debemos enseñarles a ser bondadosos y fuertes, pero flexibles. El bambú vive en comunidad, pero es independiente; se adapta y supera los momentos difíciles, sabe prepararse durante años, con paciencia, para triunfar y ser útil toda la vida.

¡Ayudemos a que nuestros hijos sean como el bambú!

A note to the parents:

So that our children will become like the bamboo, the words of this book are not enough. We need to teach them all their life to be generous and strong, all the while, flexible. Bamboo lives in a community, but it is still independant; it adapts and overcomes the difficult moments, it understands how to prepare for years, with patience, to be successful and useful all its life.

Let's help our children become like the bamboo.